Clara Belle

Abejas reinas y aspirantes: burlando a la realeza de la escuela

Abejas Reinas y Aspirantes:
Burlándose a la Realeza de La Prepa

por

Clara Belle

Prólogo

En el laberinto siempre cambiante de la prepa Jefferson, las paredes susurran secretos y los casilleros contienen algo más que libros: son archivos de rumores susurrados y batallas silenciosas libradas en las sombras de la adolescencia. En este laberinto de sueños y miedos juveniles, Laura encontró su vocación, no como guerrera sino como testigo.

Con su cámara como escudo y su agudo ojo como guía, Laura buscó capturar la esencia de aquellos considerados intocables: las reinas de la jerarquía social cuyas coronas estaban hechas de miradas y susurros. Desde la animadora, con su sonrisa de megavatio que podía helar el aire, hasta el zar del Grupo de Estudio, cuyo intelecto era tan agudo como su paciencia era corta, estas chicas gobernaban los pasillos de la prepa Jefferson con puño de hierro.

Pero debajo de la superficie de sus exteriores perfectamente curados se esconden historias no contadas: de vulnerabilidad, miedo y el profundo deseo de ser comprendido. Cuando Laura miró a través de su lente, vio más allá de la armadura de la popularidad y las armas del ingenio. Lo que comenzó como un simple proyecto para llenar las páginas del anuario se convirtió en un viaje al corazón de la adolescencia, una búsqueda para transformar la narrativa de la división a la unidad.

Fue en las confesiones susurradas, las risas sinceras y las lágrimas silenciosas que Laura descubrió la verdad: cada abeja reina anhelaba ser algo más que una gobernante de la colmena. Eran hijas, soñadoras y, sobre todo, supervivientes de los mismos cuentos que contaban.

A medida que avanzaba el año, cada clic del obturador capturaba algo más que un momento; Capturó una posibilidad: la oportunidad de contar una nueva historia, despojarse de las viejas pieles de etiquetas y mentiras, y tal vez tejer un tapiz de comprensión que pudiera vestirlos a todos con dignidad.

Y así, bajo los fluorescentes parpadeantes y en medio de los ecos de los golpes de casillero, comenzó una transformación. No solo de las reinas, sino del propio reino, impulsado por el poder silencioso de una niña que creía que todos, sin importar cuán alto fuera su trono, tenían una historia que valía la pena contar.

Dedicación

Este libro está dedicado a los observadores silenciosos y a los héroes anónimos. Tales héroes observan desde los bordes, cuyas historias rara vez aparecen en los titulares, pero cuyos corazones contienen las verdades más profundas de nuestro tiempo. A aquellos que creen en el poder de la empatía y la luz transformadora de la comprensión, que siempre encuentren el coraje para contar su historia.

Tabla de Contenidos

Clara Belle

Navegando por la Colmena

Abejas reinas y aspirantes: burlando a la realeza de la escuela

En los bulliciosos pasillos de la prepa Jefferson, una especie de reino prospera entre casilleros y cuadernos rayados. Todos los estudiantes tienen un lugar aquí, pero algunos ejercen su poder desde tronos construidos sobre susurros y miradas. Entre ellos, la "realeza", un grupo de chicas conocidas tanto por su encanto como por su crueldad, reinan supremas.

Entra en escena nuestra protagonista, Laura, una chica que se siente más cómoda a la sombra de una estantería que bajo los focos del drama de la escuela secundaria. Con su comportamiento tranquilo y sus agudas habilidades de observación, Laura a menudo se siente como una extraña, observando la intrincada danza de la dinámica social desde la barrera. Sin embargo, es esta perspectiva la que le da una visión incomparable de la vida de las chicas malas que marcan el ritmo de la escena social de la escuela.

El desafío de navegar por un mundo gobernado por estas abejas reinas es abrumador. No son meros matones, sino arquitectos de la inseguridad, expertos en exclusión. Pero debajo de su barniz pulido se esconden miedos y vulnerabilidades que impulsan su necesidad de control. Este libro promete una inmersión profunda en el mundo de estos complejos personajes, diseccionando sus motivos, desvelando sus estrategias y, lo más importante, ofreciendo una guía para burlarlos.

"Abejas Reinas y Aspirantes " no es solo un manual de supervivencia. Es un faro de humor y empoderamiento, un testimonio de que comprender a tus adversarios es el primer paso para superarlos. A través de perfiles detallados, divertidas desventuras y consejos prácticos, navegaremos juntos por el laberinto social.

Así que, querido lector, prepárate para armarte de conocimiento e ingenio. Decodifiquemos los secretos para sobrevivir y prosperar entre la realeza de la escuela. Y recuerda, en la colmena de la escuela secundaria, a veces el observador silencioso tiene el poder de convertirse en el asesino de reinas.

La Animadora

La porrista personifica el espíritu de la escuela, siempre al frente y al centro en cada juego y rally. Su energía y sonrisas son contagiosas, pero su lealtad es selectiva. Con un escuadrón que sigue sus órdenes tan de cerca como siguen sus rutinas, ella maneja su popularidad como una varita.

Los viernes por la noche son sinónimo de partidos de fútbol y de los vítores frenéticos que los acompañan. En el corazón de esta emoción se encuentra Amanda, la animadora cuya cola de caballo alta y rutinas impecables llaman la atención de todos, desde los estudiantes hasta los conserjes reacios. Más que una chica enérgica con uniforme, Amanda es la reina del campo y de los pasillos, marcando tendencias y estándares en toda la escuela. Su encanto es innegable, sus sonrisas tan brillantes como las hogueras de los mítines. Sin embargo, su lealtad y amabilidad son selectivas y reservadas para aquellos que coinciden con sus estándares de popularidad y espíritu.

Laura, siempre más cómoda con las cámaras que con las multitudes, estuvo inadvertidamente en la órbita de Amanda durante su primer partido de fútbol. Ella estaba allí para tomar fotos para el anuario de la escuela, no para socializar. Sin embargo, no pudo evitar sentirse asombrada y alienada por la presencia magnética de Amanda. El verdadero desafío llegó semanas después, en una concurrida mañana de lunes, cuando Laura, perdida en sus pensamientos, chocó con Amanda, derramando su batido matutino sobre el impecable uniforme de porrista de Amanda. La mirada que Amanda le dio fue más fría que el batido en sí, y el susurro que siguió a Laura durante semanas la tildó de "torpe" e "invisible", un don nadie que había metido la pata a lo grande.

En los días siguientes, Laura pasó mucho tiempo contemplando el incidente, sintiéndose más pequeña con cada risita susurrada y cada mirada penetrante. Pero a medida que los días se convirtieron en semanas, comenzó a comprender la dinámica de la influencia de Amanda, construida sobre una base de visibilidad y validación de los demás, un tipo de poder frágil que Laura se dio cuenta de que no necesitaba codiciar. Se metió en el cuarto oscuro, volcando sus frustraciones y sentimientos en su fotografía. En el silencioso resplandor rojo, encontró la belleza en las sombras y la fuerza en la soledad. Sus fotos, en particular una foto espontánea de la mascota tropezando con el pompón de una animadora, ganaron un concurso en toda la escuela, recordándole que el reconocimiento puede venir de lugares inesperados.

En lugar de tratar de encajar en el círculo de Amanda, Laura cultivó amistades con sus compañeros del club de arte y un par de ratones de biblioteca reflexivos de su clase de inglés. Estas personas se reían de sus chistes, apreciaban sus ideas y nunca la hacían sentir pequeña. Durante el juego de bienvenida, mientras Amanda dirigía una ovación particularmente vigorosa, buscó sus pompones. En su lugar, agarró la cabeza de la mascota, levantándola en alto antes de darse cuenta de su error. La multitud estalló en carcajadas, e incluso Amanda no pudo evitar unirse. Laura capturó este momento, una rara ruptura en la fachada perfecta de Amanda, y se convirtió en una de las favoritas del anuario.

Clara Belle

Al final de la temporada de fútbol, Laura se había dado cuenta de algo: el reinado de Amanda como reina del campo no tenía por qué eclipsar su existencia. La verdadera victoria fue abrazar su singularidad y encontrar estima no en los aplausos de los demás, sino en sus logros silenciosos.

La Reina de las Redes Sociales

Esta chica ofrece un giro moderno en el arquetipo de la chica mala, aprovechando las plataformas digitales para influir e intimidar.

En La prepa Jefferson, los susurros y rumores que alguna vez estuvieron confinados a los pasillos ahora se propagan a través de las pantallas con la velocidad de la luz, todo gracias a la reina reinante de las redes sociales, Chloe. Con su feed de Instagram perfectamente curado y una historia de Snapchat siempre llena de actividad, Chloe establece las tendencias digitales y, con ellas, los estándares sociales de la escuela.

Laura se encontró por primera vez con el dominio digital de Chloe durante un proyecto escolar que requería que los estudiantes siguieran las redes sociales de los demás durante una semana. Las publicaciones de Chloe mezclaban selfies glamorosas e invitaciones exclusivas a fiestas. Atacaron con velar a los que no cortaron sus escapadas de fin de semana. No pasó mucho tiempo antes de que Laura fuera etiquetada involuntariamente en un meme que se burlaba de su comportamiento tranquilo. Esta publicación rápidamente reunió me gusta y emojis de risa.

El desaire digital dolió, pero también provocó que Laura se diera cuenta de la naturaleza efímera de la fama en línea. El poder de Chloe, entendió, era tan duradero como su última publicación, y necesitaba constantemente validación para mantener su estatus de reina. Laura decidió usar sus redes sociales como una herramienta no para la popularidad sino para la positividad. Comenzó a compartir sus fotografías, capturando momentos sinceros de la vida escolar que incluían los momentos álgidos y las interacciones sinceras y cotidianas que a menudo pasaban desapercibidas.

A medida que los seguidores de Laura crecían, también lo hacía su comprensión de la influencia que ejercía. Aprendió a simpatizar con Chloe, viéndola como una torturadora y como alguien atrapada en el implacable ciclo de "me gusta" y "compartir". El punto de inflexión se produjo cuando Laura publicó una serie de fotos de un evento escolar, incluida una imagen sincera de Chloe ayudando a una estudiante de primer año a arreglarse el maquillaje, un raro atisbo de amabilidad que la propia Chloe compartió en su perfil, con la leyenda: "A veces, es agradable ser amable".

A finales de año, Laura se había hecho un hueco, creando un espacio en el que la autenticidad prevalecía por encima de la apariencia. Su última publicación del año escolar, un collage de sus fotos favoritas, incluía una nota de agradecimiento a sus seguidores por ver la belleza en los momentos genuinos. Dijo que si bien el mundo digital es vasto y variado, siempre hay espacio para la amabilidad y las conexiones reales.

La Snob Intelectual

La Snob Intelectual es una chica mala que usa su intelecto como un arma para afirmar el dominio y menospreciar a los demás; permite que otros exploren un tipo diferente de desafío social, uno que gira en torno a la destreza académica e intelectual.

En los rincones más tranquilos de la biblioteca de La prepa Jefferson, donde las estanterías proyectan largas sombras y el silencio es casi tangible, reside Jenna, la snob intelectual. Con su agudo ingenio y su lengua más afilada, preside las sesiones de estudio y las reuniones del equipo de debate, esgrimiendo hechos y citas filosóficas como espadas en duelo.

Laura, aunque académicamente dotada, siempre temió las interacciones con Jenna. Su primer desafío real llegó durante una prueba del equipo de debate, donde la crítica de Jenna al argumento de Laura fue menos constructiva y más una muestra pública de humillación intelectual. La experiencia fue dolorosa pero iluminó el verdadero motivo de Jenna: la inseguridad enmascarada por la superioridad intelectual.

Decidida a no dejar que las palabras de Jenna definieran su intelecto, Laura comenzó a buscar el conocimiento por el placer de aprender en lugar de competir. Se unió a un club de ciencias donde se fomentaba la curiosidad y los errores se veían como pasos hacia la comprensión, no como fracasos. Aquí, Laura encontró su confianza, no sabiendo todas las respuestas, sino haciendo preguntas reflexivas y comprometiéndose genuinamente con el material.

El nuevo enfoque de Laura se hizo notar. Su proyecto científico sobre la biodiversidad del campus de la escuela le valió no solo la feria de ciencias de la escuela, sino también el respeto de sus compañeros y profesores por su exhaustiva investigación y presentación innovadora. Jenna, quien también estaba en la competencia, notó la creciente confianza y respeto de Laura entre los estudiantes.

El clímax de su interacción se produjo durante un proyecto conjunto en el que su profesor los emparejó, con la esperanza de cerrar la brecha entre sus talentos. Durante su colaboración, el entusiasmo genuino de Laura y su voluntad de aprender de todos suavizaron la necesidad de Jenna de ser siempre la más inteligente de la sala. Encontraron puntos en común en su amor compartido por la astronomía. Las defensas de Jenna comenzaron a bajar cuando se dio cuenta de que la superioridad intelectual no tenía por qué ser solitaria.

Al final del proyecto, Jenna había aprendido a apreciar el enfoque diferente del aprendizaje de Laura, y Laura había ganado un nuevo amigo, o al menos, un respetado compañero académico. Su presentación final fue un éxito académico y un testimonio de su crecimiento personal.

Clara Belle

<u>La Gurú de los Chismes</u>

Esta chica mala se nutre del poder de la información y los rumores.

En el instituto Jefferson, donde los secretos son la moneda de cambio de los pasillos, nadie comercia con más habilidad que Lila, la gurú de los chismes. Con una red que abarca todos los grupos y rincones, Lila sabe todo sobre todos, y si no lo sabe, es experta en llenar los vacíos con. sus suposiciones creativas.

Laura se dio cuenta por primera vez de la influencia de Lila cuando una historia distorsionada sobre su supuesta rivalidad con otro estudiante de fotografía se extendió por la escuela. El rumor, inofensivo al principio, pronto cobró vida propia, afectando a las amistades de Laura e incluso a su confianza en su fotografía.

Al darse cuenta del poder destructivo de los chismes sin control, Laura abordó el problema en su origen. Se acercó a Lila directamente, no con confrontación, sino con una propuesta: Laura proporcionaría historias auténticas sobre los diversos clubes y actividades de la escuela para el blog de Lila.

A cambio, Lila accedería a verificar sus primicias antes de publicarlas.

Sorprendentemente, Lila se mostró receptiva. El blog comenzó a presentar historias emocionantes y bien documentadas que celebraban los logros de los estudiantes y los eventos escolares, un material más atractivo que los rumores habituales. La iniciativa de Laura no solo mejoró el contenido del blog, sino que también cambió sutilmente el papel de Lila de proveedora de chismes a reportera de noticias.

La transformación no fue de la noche a la mañana; De vez en cuando, Lila volvía a caer en los viejos hábitos. Sin embargo, los comentarios positivos de la comunidad escolar sobre la nueva dirección del blog la animaron a ceñirse a los hechos con más frecuencia. Con el tiempo, el blog de Lila se convirtió en una fuente respetada de noticias escolares, y Laura ayudó a fomentar una cultura de comunicación más saludable en La prepa Jefferson.

A medida que el año escolar llegaba a su fin, Laura reflexionó sobre cómo había convertido a un adversario potencial en un colaborador, cambiando la narrativa de la división a la unidad y el respeto. Aprendió que a veces la mejor manera de combatir la desinformación es la verdad y la transparencia, e incluso los chismes más notorios pueden cambiar su forma de ser.

<u>La Fashionista</u>

Esta chica malvada domina la escena de la moda de la escuela y usa su sentido del estilo para crear y hacer cumplir un orden jerárquico social.

En el mundo de La prepa Jefferson, donde las tendencias van y vienen con las estaciones, Bianca, conocida como La Fashionista, dicta lo que está dentro y lo que sale irremediablemente. Con un ojo para el estilo y una habilidad especial para las críticas agudas, convierte los pasillos de la escuela en su pasarela, y su aprobación puede elevar o hundir el stock social de sus compañeros de clase.

Laura, cuyo guardarropa era más funcional que moderno, se encontró involuntariamente en el punto de mira de Bianca durante una asamblea de toda la escuela donde Bianca hizo un comentario sarcástico sobre las zapatillas desgastadas de Laura. El comentario fue pequeño, pero la risa que provocó no lo fue, y Laura sintió un familiar rubor de vergüenza.

Pero en lugar de retroceder, Laura vio una oportunidad. Comenzó un blog, "Función Sobre La Moda", donde mostraba su estilo, uno que priorizaba la comodidad y la individualidad sobre la alta costura. El blog presentaba entrevistas con estudiantes sobre sus elecciones de moda, destacando historias de autoexpresión y funcionalidad, como un estudiante de tercer año que modificó sus zapatos para manejar mejor sus aparatos ortopédicos para los pies.

Al principio, Bianca se burló de los esfuerzos de Laura, pero a medida que el blog ganó popularidad, comenzó a ver el atractivo de la celebración del estilo personal de Laura. El punto de inflexión se produjo cuando Bianca se topó con una publicación sobre hallazgos vintage de segunda mano que incluía una pieza notablemente similar a una de la que había hecho alarde recientemente como una compra de alta gama. Intrigada y humillada, Bianca se acercó a Laura para presentar una pieza de colaboración sobre moda vintage.

La colaboración fue un éxito, ya que combina el talento de Bianca para la alta costura con el ojo de Laura para las opciones únicas y sostenibles. Abrió nuevos caminos para ambos, ya que Bianca apreciaba los estilos fuera de sus marcas de lujo habituales y Laura reconocía el arte en el diseño de moda.

Al final del año escolar, Bianca se había transformado de una tirana de las tendencias a una experta en estilo que apreciaba la diversidad en la moda. Laura, por su parte, se había hecho un hueco en el tapiz cultural de la escuela, demostrando que el estilo no es solo lo que llevas, sino cómo lo llevas, con confianza y autenticidad.

La Artísticamente Talentosa

Esta chica malvada utiliza sus habilidades creativas para dominar y, a veces, eclipsar a los demás en los espacios artísticos de la escuela.

En La prepa Jefferson, la sala de arte es un santuario para los creativos, donde florecen los colores y los conceptos. Sin embargo, incluso este santuario tiene su guardiana, Vanessa, conocida como La Talentosa Artísticamente. Con una habilidad innegable y una cartera de premios, Vanessa establece el estándar de lo que se considera "buen arte" en la escuela. Aunque a menudo son válidas, sus críticas pueden ser agudas y desdeñosas, lo que hace que sus compañeros duden en mostrar su trabajo.

Laura, que siempre había disfrutado de la fotografía como pasatiempo, se sentía cada vez más intimidada por la presencia de Vanessa en el club de arte. Su primer desafío real llegó cuando Vanessa desestimó casualmente la idea de la exposición fotográfica de Laura para el festival escolar como "predecible y amateur". El comentario le dolió y Laura consideró abandonar su proyecto por completo.

Pero en lugar de retirarse, Laura abrazó su visión artística más plenamente. Se dedicó a capturar la esencia de la vida escolar cotidiana, centrándose en los momentos pasados por alto que conformaron el verdadero espíritu de La prepa Jefferson. Se acercó a otros estudiantes que se sentían eclipsados por el dominio de Vanessa, animándolos a contribuir con su trabajo a su exposición bajo el tema "Perspectivas invisibles".

La exposición se convirtió en un esfuerzo colectivo, mostrando una serie de expresiones artísticas de estudiantes que antes eran reacios a mostrar su trabajo. Vanessa, inicialmente escéptica, se sorprendió por la profundidad y diversidad de la exhibición. Al ver la escuela a través de la lente de sus compañeros, comenzó a apreciar el valor de las formas de arte que diferían de las suyas.

El éxito de "Perspectivas Invisibles" " no solo aumentó la confianza de muchos artistas en ciernes, sino que también suavizó el enfoque de Vanessa hacia su arte. Comenzó a ofrecer comentarios más constructivos y se volvió más abierta a la colaboración, dándose cuenta de que el arte podía ser una fuerza unificadora en lugar de un escenario competitivo.

Al final del año escolar, el club de arte se había transformado en una comunidad más inclusiva y solidaria, con Vanessa y Laura dirigiendo talleres juntas, cada una aprendiendo de las fortalezas de la otra. Laura había encontrado su lugar y ayudó a redefinir la cultura artística en La prepa Jefferson, demostrando que cada artista tiene una voz única digna de ser escuchada.

La Chica Mala Encubierta

Este personaje parece dulce e inocente, pero manipula las situaciones de manera sutil y hábil detrás de escena.

En el extenso panorama social de La prepa Jefferson, pocos estudiantes son tan universalmente queridos como Sarah, conocida por su comportamiento dulce y su amabilidad aparentemente genuina. Sin embargo, debajo de este barniz de inocencia, Sarah opera como la chica mala encubierta, manipulando hábilmente las situaciones sociales para mantener su estatus sin parecer abiertamente cruel.

Con sus agudas habilidades de observación, Laura fue una de las pocas que notó los cambios sutiles en el comportamiento de Sarah: una palabra susurrada aquí, una pequeña acción allá, todo aparentemente inocuo, pero acumulativamente poderoso para dar forma a la dinámica social. Laura se dio cuenta de la verdadera naturaleza de Sarah cuando escuchó a Sarah alejar sutilmente a un maestro de reconocer los logros de otro estudiante, sugiriendo en cambio que los elogios eran inmerecidos.

En lugar de confrontar a Sarah directamente, un movimiento que probablemente sería contraproducente dado el dominio de Sarah de su imagen inocente, Laura decidió contrarrestar la influencia de Sarah indirectamente. Comenzó una serie de blogs titulada "Héroes anónimos" en el sitio web de la escuela, destacando los esfuerzos y logros de los estudiantes que a menudo pasaban desapercibidos. Cada publicación fue meticulosamente investigada y verificada, proporcionando una plataforma de reconocimiento que fue más difícil de manipular para Sarah.

A medida que el blog ganaba terreno, los estudiantes y los profesores empezaron a prestar más atención a las diversas contribuciones de sus compañeros, lo que redujo la eficacia de las maniobras entre bastidores de Sarah. Poco a poco, Sarah tuvo que adaptarse a un entorno escolar en el que sus tácticas sutiles eran menos efectivas.

El punto de inflexión se produjo cuando Laura escribió un artículo sobre un estudiante que había organizado silenciosamente proyectos de servicio comunitario, pero que nunca había buscado reconocimiento. El artículo llevó a que el estudiante recibiera un premio de la comunidad, un resultado que Sarah había tratado de evitar a principios de año. Al ver el impacto positivo del reconocimiento en la confianza del estudiante, Sarah comenzó a cuestionar la necesidad de sus tácticas manipuladoras.

A finales de año, el comportamiento de Sarah había cambiado notablemente. Se volvió más abiertamente solidaria con sus compañeros, descubriendo que este enfoque reforzaba su popularidad de maneras más genuinas y satisfactorias. A través de su blog, Laura destacó a los héroes anónimos de La prepa Jefferson e influyó en un cambio significativo en uno de sus personajes más complicados.

<u>La Chica Nueva</u>

Ah.... La chica nueva. Utiliza su novedad para alterar los órdenes sociales existentes y se posiciona estratégicamente dentro de la jerarquía de la escuela.

En la prepa Jefferson, la llegada de un nuevo estudiante es un hecho común. Aun así, cuando Emily llegó a mitad de semestre, rápidamente se convirtió en el centro de atención. Como La Chica Nueva, Emily usó su novedad y su misterioso pasado para cautivar al cuerpo estudiantil, ascendiendo rápidamente en la escala social al alinearse con varios grupos influyentes.

Laura observó con curiosidad y cautela cómo Emily navegaba por la escena social con sorprendente agilidad. Su encanto y las historias de su vida en varias ciudades del mundo atrajeron a la gente hacia ella, y desempeñó hábilmente el papel de la intrigante forastera. Sin embargo, Laura notó que las historias de Emily a menudo cambiaban ligeramente dependiendo de su audiencia. Esta táctica levantó las sospechas de Laura sobre su sinceridad.

En lugar de desafiar a Emily directamente, Laura se centró en fortalecer los lazos dentro de su círculo de amigos, enfatizando la confianza y las conexiones genuinas.

Organizó actividades grupales que fomentaron el trabajo en equipo y compartieron experiencias, como un proyecto fotográfico que capturara la esencia de su pueblo a través de diferentes lentes.

A medida que estas actividades grupales se hicieron más populares, otros estudiantes comenzaron a ver el valor de las relaciones auténticas por encima del atractivo de la novedad. Sintiendo que su influencia disminuía a medida que los estudiantes gravitaban hacia amistades más genuinas, Emily se dio cuenta de que necesitaba ajustar su enfoque.

El cambio se produjo durante un proyecto escolar en el que Emily fue emparejada con Laura. Forzada a trabajar junta, la fachada de Emily comenzó a resquebrajarse, revelando inseguridades sobre mudarse constantemente y nunca tener un grupo estable de amigos. Al comprender los problemas subyacentes, Laura ayudó a Emily a ver que las relaciones duraderas se basan en la honestidad y la confiabilidad, no solo en ser la nueva chica perpetua con historias emocionantes.

Poco a poco, Emily comenzó a abrirse de manera más genuina sobre sus experiencias, descubriendo que sus compañeros de clase la apreciaban más por su realidad que por su mística. Al final del año escolar, Emily había formado verdaderas amistades basadas en algo más que su novedad. La iniciativa de Laura de fomentar una cultura de autenticidad había transformado la dinámica social en La prepa Jefferson.

La Atleta

Esta chica malvada usa su destreza física y su espíritu competitivo para dominar las interacciones sociales en la escuela y en los deportes.

En la preparatoria Jefferson, los campos deportivos son campos de batalla donde la destreza física puede traducirse en poder social. Este es el reino de Jessica, conocida como La Atleta, cuyo dominio en múltiples deportes le ha dado un estatus casi de celebridad entre sus compañeros. Con su espíritu competitivo y sus habilidades naturales de liderazgo, Jessica a menudo difumina las líneas entre la competencia sana y la intimidación social.

Aunque no tenía inclinaciones atléticas, Laura se encontró en el radar de Jessica durante el torneo de softbol. Como fotógrafa de los equipos deportivos de la escuela, Laura estaba acostumbrada a capturar los altibajos de los eventos deportivos. Sin embargo, durante un juego intenso, la naturaleza competitiva de Jessica dio un giro duro cuando menospreció a sus compañeras de equipo por sus errores, incluida Laura, quien falló un tiro que podría haber ganado el juego a su clase.

En lugar de encogerse ante las duras palabras de Jessica, Laura aprovechó la experiencia para impulsar un nuevo proyecto: un ensayo fotográfico sobre el verdadero espíritu deportivo. Se centró en los momentos de trabajo en equipo, estímulo y respeto mutuo, contrastándolos con los aspectos negativos de la competitividad excesiva. El proyecto se exhibió en el pasillo principal de la escuela y rápidamente generó conversaciones sobre los valores que se promueven en el deporte escolar.

Ver sus acciones a través de la lente de Laura llevó a Jessica a un momento de autorreflexión. Los elogios por las fotos que destacaban las interacciones positivas y las discusiones críticas en torno a las fotos que mostraban un espíritu deportivo deficiente le hicieron darse cuenta del impacto de su comportamiento en sus compañeros.

Motivada por el cambio, Jessica comenzó a usar su influencia para fomentar un ambiente de equipo más solidario. Comenzó a organizar discusiones posteriores al juego en las que los jugadores podían darse comentarios constructivos y celebrar los esfuerzos de los demás, independientemente del resultado del juego.

Al final del año escolar, Jessica se había transformado de una competidora temida a una líder respetada, admirada por sus habilidades atléticas y su dedicación a promover el verdadero espíritu deportivo. El proyecto de Laura cambió la cultura deportiva en La prepa Jefferson. Profundizó su comprensión de cómo el liderazgo puede ser una fuerza para el bien.

La Compinche

Esta chica malvada no lidera, sino que refuerza las acciones de la abeja reina, agregando su toque de crueldad mientras permanece bajo el radar.

En la jerarquía social de La prepa Jefferson, mientras las abejas reinas acaparan el centro de atención, sus leales compañeros operan en las sombras. Entre estos, Mia se destaca como El Compinche, siempre vista pero rara vez escuchada, su influencia sutil pero significativa. Ella amplifica los caprichos de su líder, Amanda, la animadora de nuestro capítulo anterior, difundiendo rumores, reforzando las exclusiones sociales y, a menudo, haciendo el trabajo sucio que mantiene a su camarilla en la cima.

Laura, que ya conocía bien la dinámica de las chicas malas, reconoció el papel de Mia, pero también vio algo más: el deseo de ser algo más que una seguidora. Durante un proyecto grupal, Laura tuvo la oportunidad de trabajar en estrecha colaboración con Mia y notó que a menudo dudaba antes de hacerse eco de las duras palabras de Amanda como si estuvieran en conflicto.

Aprovechando la oportunidad de entender mejor a Mia, Laura inició un proyecto fotográfico centrado en "Voces ocultas" en la escuela. Invitó a Mia a participar, permitiéndole expresar sus ideas y pensamientos a través de fotografías, separadas de su identidad como compañera.

A medida que Mia se involucraba más con el proyecto, comenzó a encontrar su voz, mostrando su perspectiva única de la vida escolar a través de su lente. Sus fotografías, distintas y reflexivas, ganaron reconocimiento por derecho propio, animándola a salir de la sombra de Amanda y relacionarse con los demás de forma más abierta y auténtica.

El proyecto culminó con una exposición, con el trabajo de Mia entre los aspectos más destacados, celebrada por su creatividad y perspicacia. Los comentarios positivos reforzaron su confianza, disminuyendo su dependencia de su papel como compañera para la validación. La amable guía de Laura le permitió a Mia redefinir su identidad en la escuela.

Al final del año escolar, Mia se había transformado de una defensora silenciosa de las travesuras de las chicas malas a un miembro independiente y respetado del cuerpo estudiantil. Su viaje desde el fondo hasta convertirse en una figura independiente demostró el poder de encontrar y hacer valer la propia voz ante sus compañeros.

Clara Belle

<u>La Perfeccionista</u>

Esta chica malvada se impone a sí misma y a todos los que la rodean, lo que a menudo la lleva al estrés y a expectativas poco realistas.

En la preparatoria Jefferson, la perfección se personifica en Grace, conocida entre sus compañeros como La Perfeccionista. Sus calificaciones impecables, presentaciones impecables y eventos escolares meticulosamente planificados establecen un estándar impresionante e inalcanzable para muchos. Su impulso por la perfección, aunque admirable, a menudo se manifiesta como crítica e impaciencia hacia aquellos que no cumplen con sus altos estándares.

Laura sintió por primera vez el aguijón del perfeccionismo de Grace durante un proyecto científico colaborativo. La búsqueda incesante de Grace de la perfección hizo que el trabajo del grupo fuera tenso y estresante, eclipsando la alegría del descubrimiento con el miedo a cometer errores.

Decidida a abordar el impacto negativo del perfeccionismo de Grace, Laura propuso una nueva iniciativa para la feria anual de ciencias de la escuela: una sección dedicada al "Aprendizaje experimental", donde el enfoque estaría en el proceso de exploración y aprendizaje de los fracasos en lugar de solo presentar resultados perfectos. Animó a Grace a que ayudara a organizar esta sección, con la esperanza de que le mostrara el valor de los esfuerzos imperfectos.

Mientras trabajaban juntos en la feria, Grace se encontró con varios proyectos en los que los errores condujeron a avances e innovaciones inesperados. Al interactuar con estudiantes entusiastas sobre sus experimentos "fallidos" y las lecciones que aprendieron, Grace comenzó a ver la belleza y la importancia de la imperfección en el proceso de aprendizaje.

La feria de ciencias fue un éxito, en particular la sección "Aprendizaje experimental", que se convirtió en un punto culminante del evento. La perspectiva de Grace cambió cuando se dio cuenta de que su búsqueda de la perfección era estresante para ella y sofocante para los demás. Esta revelación la llevó a aliviar sus expectativas para sí misma y sus compañeros, fomentando un entorno más colaborativo y de apoyo.

Al final del año escolar, Grace se había transformado de una perfeccionista rígida a una líder más flexible y comprensiva. Su nuevo enfoque mejoró sus relaciones y mejoró su aprendizaje a medida que abrazaba la imprevisibilidad y la creatividad de aceptar la imperfección.

La Hija del Abogado

Todos conocemos una. Esta chica malvada utiliza el estatus y la influencia de su familia para afirmar su dominio, y a menudo se sale con la suya académica *y* socialmente.

En los pasillos de la prepa Jefferson, Sofia, conocida como La Hija del Abogado, ejerce la influencia de su familia como un mazo, a menudo recordando a sus compañeros e incluso a sus maestros sus poderosas conexiones. Su confianza se ve reforzada por la creencia de que sus acciones tienen pocas consecuencias reales, dada la capacidad de su familia para sortear cualquier problema que pueda encontrar.

Laura, a menudo en el lado más tranquilo de la política escolar, se vio directamente afectada por la influencia de Sofia durante el proceso de selección para el equipo de debate de la escuela. A pesar de la audición bien preparada de Laura, Sofia usó su influencia para asegurar un lugar para su amiga, dejando a Laura injustamente excluida.

En lugar de confrontar a Sofia directamente, Laura decidió canalizar sus esfuerzos en la creación de una plataforma alternativa donde cada estudiante pudiera expresar sus opiniones. Fundó un podcast escolar llamado "las voces de Jefferson", que cubría todo, desde noticias escolares hasta editoriales estudiantiles, proporcionando un medio en el que se valoraba la equidad en el discurso por encima de la posición social.

A medida que el podcast crecía en popularidad, Sofia comenzó a notar su impacto. Los estudiantes que nunca habían participado en debates ahora compartían comentarios perspicaces y ganaban seguidores. El podcast estaba nivelando el campo de juego, disminuyendo la influencia de las tácticas de Sofia.

Al ver la respuesta positiva de la comunidad y darse cuenta de su influencia disminuida, Sofia se acercó a Laura con una propuesta para aparecer en el podcast. Inicialmente escéptica, Laura estuvo de acuerdo en que el tema se centraría en la equidad y la transparencia en las actividades escolares.

El episodio protagonizado por Sofia resultó ser un momento crucial para ambos. Sofia se enfrentó a la realidad de sus acciones y su impacto en sus compañeros. Laura sacó de

Sofia un lado reflexivo que pocos habían visto, abriendo un diálogo sobre el uso del privilegio y la influencia en los entornos escolares.

Al final del año escolar, Sofia había comenzado a usar su influencia de manera más responsable, abogando por procesos más justos en las elecciones escolares y las selecciones de clubes. La iniciativa de Laura no solo había proporcionado una plataforma para la libertad de expresión. Sin embargo, también había empujado a un poderoso colega hacia un uso más equitativo de su influencia.

Clara Belle

<u>La Chica Con Un Secreto Oscuro</u>

El duro exterior de esta chica malvada protege sus vulnerabilidades y aspectos ocultos de su vida, y teme que puedan empañar su imagen si se revelan.

En el ecosistema social de la prepa Jefferson, pocos estudiantes son tan enigmáticos como Rachel, conocida entre sus compañeros como La chica con un oscuro secreto. En la superficie, es estricta y, a menudo, dura, y usa su humor mordaz y su comportamiento distante para mantener a los demás a distancia. Detrás de esta fachada se esconde una realidad compleja que ella guarda ferozmente: una familia que lucha con problemas que ella cree que socavarían su posición social si se supiera.

Laura, cuyo enfoque siempre ha sido de empatía y curiosidad, notó las inconsistencias en el comportamiento de Rachel, momentos de amabilidad inesperada envueltos rápidamente por su frialdad habitual. Intrigada y preocupada, Laura buscó conectarse con Rachel sin entrometerse directamente en su vida personal.

La oportunidad llegó a través de un proyecto fotográfico centrado en "Las Caras de la prepa Jefferson", con el objetivo de capturar los lados invisibles de los estudiantes. Laura invitó a Rachel a participar, permitiéndole retratarse a sí misma como deseaba ser vista. Para sorpresa de Laura, Rachel aceptó, intrigada por la idea de controlar su narrativa.

Durante sus sesiones, Rachel eligió representar aspectos de su vida que eran a la vez fuertes y vulnerables. El proyecto se convirtió en una experiencia catártica para ella, que le permitió expresar sus complejidades de forma segura y artística. La interpretación fue honesta y resonante, mostrando a sus compañeros que había más en ella que su duro exterior.

La exposición fue bien recibida, y los retratos de Rachel fueron convincentes. Este reconocimiento público de su personalidad multifacética le permitió a Rachel relacionarse más abiertamente con sus compañeros de clase, reduciendo su necesidad de usar la mezquindad como defensa.

El proyecto de Laura reveló la profundidad oculta de Rachel y provocó conversaciones entre los estudiantes sobre la empatía y la comprensión. Al final del año escolar, Rachel había comenzado a bajar la guardia, descubriendo que su verdadero yo, con vulnerabilidades y todo, era aceptado e incluso abrazado por sus compañeros.

La Diva del Drama

Vive para ser el centro de atención y trata cada día escolar como una obra en Broadway. Su talento para lo dramático convierte los desacuerdos menores en confrontaciones dignas de una telenovela. Es conocida por su característico giro de ojos y el dramático movimiento de su cabello meticulosamente peinado.

En la preparatoria Jefferson, la clase de teatro es más que una asignatura optativa: es el reino de Cassandra, donde reina suprema, tanto en el escenario como fuera de él. Con cada día tratado como una escena de una obra de teatro clásica, la vida de Cassandra es una serie de entradas y salidas dramáticas, sus emociones tan embellecidas como su guardarropa.

Para Cassandra, la sala de teatro es un santuario donde su dominio es indiscutible, y su talento para lo teatral solo se compara con su necesidad de atención constante. Ya sea recitando monólogos de Shakespeare entre clases o convirtiendo un pequeño desacuerdo en una tragedia llena de lágrimas, Cassandra se asegura de que todos los ojos estén puestos en ella.

Laura, conocida por su comportamiento tranquilo y sus habilidades de observación, inicialmente encontró divertido el drama de Cassandra hasta que su propia vida se convirtió en parte del guion de Cassandra. Cuando Laura derrama agua accidentalmente cerca del paisaje recién pintado de Cassandra, Cassandra desata un soliloquio sobre la traición y la ruina que podría rivalizar con el propio Bardo. El incidente, menor para Laura, se transformó en una saga de proporciones épicas, con Cassandra como la heroína trágica, agraviada por el destino y una torpe compañera de clase.

En lugar de encogerse bajo el peso de la ira dramatizada de Cassandra, Laura decidió usar su proyecto fotográfico para mostrar una narrativa diferente. Lo tituló "Detrás de las cortinas", capturando momentos sinceros de varios miembros del club de teatro, incluida Cassandra, en su bravuconería en el escenario y vulnerabilidad fuera del escenario.

El proyecto de Laura reveló los aspectos a menudo invisibles del club de teatro: el trabajo en equipo, los preparativos nerviosos y la alegría genuina de la actuación. Sus fotografías de Cassandra mostraban un lado rara vez visto por la escuela: una actriz dedicada que se preocupaba profundamente por su oficio más allá de los aplausos.

La exposición fue una revelación para muchos, incluida Cassandra, que vio su personaje teatral capturado bajo una luz humanizadora. Los comentarios positivos de sus compañeros, que apreciaron ver el esfuerzo real detrás de la fachada dramática, hicieron que Cassandra se diera cuenta del poder de la autenticidad sobre el rendimiento constante.

Poco a poco, Cassandra comenzó a atenuar su teatralidad cotidiana, descubriendo que sus interacciones genuinas eran tan impactantes como las escenificadas. Comenzó a usar su talento dramático para animar a otros en el club de teatro, ayudándolos a encontrar sus voces en el escenario.

Al final del año escolar, Cassandra había pasado de ser la reina indiscutible del teatro a una mentora y líder, apreciada no solo por sus talentos teatrales, sino también por su capacidad para inspirar y apoyar a sus compañeros.

La Eco-Guerrera

Esta chica es una apasionada del medio ambiente, tanto que juzga los hábitos de reciclaje de todos. Ella patrulla el comedor para dar conferencias sobre las virtudes del compostaje y los males de las pajitas de plástico, a menudo haciendo que sus compañeros de clase sientan que están a un vaso desechable del desastre ecológico.

t La prepa Jefferson, Miranda no es una estudiante más; Es la autoproclamada guardiana del planeta. Como presidenta del Club Ambiental, se toma muy en serio su papel, transformando cada rincón de la escuela en un campo de batalla por la justicia ecológica. Su compromiso con la sostenibilidad es encomiable y cómico, ya que a menudo conduce a medidas extremas para garantizar que la huella de carbono de la escuela sea lo más mínima posible.

Desde patrullar la cafetería para asegurarse de que todos clasifiquen sus desechos correctamente hasta sermonear a los estudiantes de primer año desprevenidos sobre los peligros de los plásticos de un solo uso, los métodos de Miranda son tan contundentes como bien intencionados. ¿Su última campaña? Prohibir todos los utensilios de plástico en las instalaciones de la escuela, una medida que llevó a una semana divertida en la que los estudiantes intentaron comer yogur y sopa con palillos de madera.

Laura, siempre en busca de temas intrigantes, ve el humor y la sinceridad en el fervor de Miranda. Decidida a documentar las campañas ecológicas de Miranda, comienza una serie de fotos titulada "Verde en la escuela". La serie captura a Miranda en acción, persiguiendo a los infractores de las bolsas de plástico o regando el jardín de la escuela al amanecer, y destaca el lado peculiar de ser consciente del medio ambiente en la escuela.

Un incidente particularmente memorable involucra a Miranda organizando un "flash mob" para la concientización sobre el compostaje, donde los estudiantes de repente se congelan en el comedor sosteniendo artículos comportables. Las expresiones de desconcierto de los no iniciados dan lugar a una serie de fotografías humorísticas pero que invitan a la reflexión y que rápidamente se vuelven virales dentro de la comunidad escolar.

A medida que la serie de fotos gana popularidad, los estudiantes se involucran más activamente con las iniciativas de Miranda, aunque con una sonrisa. Comienzan a ver lo divertido que es ser respetuosos con el medio ambiente, y las conferencias de Miranda, que alguna vez fueron severas, se convierten en discusiones interactivas y agradables. Su enfoque se suaviza cuando se da cuenta de que combinar el humor con el activismo suele ser más eficaz que las severas reprimendas.

El clímax de la serie de Laura es una toma de Miranda vestida como una botella reciclable gigante liderando el desfile del Día de la Tierra. Esta visión le valió el cariñoso apodo de "Reina Eco-Guerrera" entre sus compañeros. Este evento marca un punto de inflexión en la forma en que los estudiantes perciben el activismo ambiental y ayuda a Miranda a ver el valor de incluir a otros en su misión con un toque más ligero.

Al final del año escolar, Miranda se ha transformado de un solitario oficial de policía ecológico a un querido líder de un creciente movimiento ambiental en la escuela. Su capacidad para reírse de sí misma e involucrar a sus compañeros con humor y creatividad ha ampliado el alcance de sus campañas y la ha convertido en una líder más efectiva y admirada.

Clara Belle

La Tirana Tecnológico

Esta chica malvada gobierna el laboratorio tecnológico de la escuela con mano de hierro. Supongamos que necesita ayuda con un problema informático. En ese caso, ella es tu chica, pero ten cuidado, ya que te dará un tutorial condescendiente sobre por qué nunca deberías haberte encontrado con este problema en primer lugar.

En el bullicioso mundo del laboratorio tecnológico de la prepa Jefferson, Emily reina suprema. Conocida cariñosamente (y con cierto temor) como la Tirana de la Tecnología, es la maestra indiscutible de todo lo digital. Desde la depuración de código hasta la gestión de los foros en línea de la escuela, Emily maneja su destreza tecnológica como un cetro, a menudo acompañada de una sonrisa y un comentario atrevido sobre el analfabetismo digital de sus compañeros.

Su reino es el laboratorio de computación, donde preside filas de pantallas y una legión de técnicos menores. Pero su gobierno no se trata solo de poder, sino de perfección. Cada píxel debe estar en su lugar y cada línea de código debe ser prístina. Esta búsqueda de la perfección digital a menudo conduce a críticas hilarantemente duras de las presentaciones de PowerPoint de sus compañeros de clase, que ella considera indignas de los proyectores de alta tecnología de la escuela.

Siempre observadora, Laura ve una historia detrás de la fachada tiránica de Emily. Decide documentar una semana en la vida del Tirano Tecnológico para el periódico de la escuela, capturando tanto su gobierno de mano dura como sus inesperados actos de bondad, como la vez que ayudó en secreto a un estudiante con dificultades a crear un proyecto gráfico asesino hasta altas horas de la noche.

Lo más destacado de la pieza de Laura es un divertido incidente durante el "Día sin tecnología" de la escuela, que Emily protestó comunicándose exclusivamente a través de código binario escrito a mano. El desconcierto de sus compañeros de clase se convirtió en diversión mientras trataban de decodificar sus mensajes, solo para descubrir que eran comentarios ingeniosos sobre la naturaleza arcaica del lápiz y el papel.

A medida que avanza la semana, las fotografías y los artículos de Laura revelan algo más que el tirano de Emily. Muestran a un genio apasionado, aunque espinoso, que realmente quiere elevar las habilidades tecnológicas de todos, no solo mostrar las suyas propias; Su exterior complicado se resquebraja cuando ve cómo sus compañeros responden positivamente a su enfoque menos autoritario y más parecido al de una maestra.

Inspirada por los comentarios positivos, Emily comienza una clínica tecnológica semanal, llamada humorísticamente "Tutoría de tiranía", donde ofrece su experiencia de una manera más amigable y accesible. Las sesiones son un éxito, ya que combinan el agudo ingenio de Emily con consejos técnicos realmente útiles, lo que hace que la tecnología sea más accesible y menos intimidante para todos.

Al final del año escolar, la transformación de Emily de tirana a maestra se ha completado. Su nuevo papel como mentora ha hecho del laboratorio tecnológico un lugar más acogedor y ha suavizado su imagen, convirtiendo al Tirano Tecnológico en el Titán Tecnológico, un líder que empodera en lugar de intimidar.

La Princesa de la APM

Ella ejerce poder a través de la fuerte participación de su madre en la Asociación de Padres y Maestros. Ella sabe sobre los cambios de política y los chismes de los maestros antes que nadie, y no tiene miedo de usar esta información a su favor.

En la preparatoria Jefferson, Julie ocupa una posición única de influencia, no a través de sus logros, sino a través del papel prominente de su madre en la Asociación de Padres y Maestros. Apodada la Princesa de la PTA, las ideas de Julie sobre los cambios en las políticas escolares y los chismes administrativos son inigualables. Su conocimiento la convierte en una aliada valiosa o en una adversaria desalentadora, dependiendo de qué lado de la política escolar te encuentres.

El reinado de Julie está marcado por su capacidad para influir en las decisiones escolares, desde los códigos de vestimenta hasta los temas de recaudación de fondos, a menudo inclinando la balanza a favor de su círculo social. Su movimiento característico es dejar caer pistas veladas sobre los próximos cambios, y observa con diversión cómo sus compañeros de clase se apresuran a alinearse con las nuevas reglas.

Laura encuentra fascinante la mezcla de poder y mezquindad de Julie y decide incluirla en el boletín de la escuela. El artículo tiene como objetivo descubrir cómo Julie usa su información para influir y si su reinado podría influir hacia un gobierno más benévolo.

Un evento particularmente humorístico pero revelador ocurre durante la semana anual del espíritu escolar. Con conocimiento interno, Julie impulsa un tema retro de la década de 1980, sabiendo bien que su guardarropa está repleto de atuendos perfectos. Sus compañeros de clase, sin embargo, se apresuran a ir a las tiendas de segunda mano y a los armarios de los padres, lo que da como resultado una variedad de estilos hilarantemente desiguales que se asemeja más a un percance de viaje en el tiempo que a un tributo de una década.

Laura captura este caos en una serie de fotos, yuxtaponiendo el pulido conjunto de Madonna de Julie con los intentos menos precisos pero más enérgicos de sus compañeros. Las fotos, acompañadas de comentarios desenfadados, se convierten en un éxito entre el alumnado, revelando lo absurdo y divertido de la situación.

Al ver la respuesta positiva a la función del boletín, Julie comienza a darse cuenta de que el poder de su posición podría usarse para unir en lugar de dividir. Inspirada por el éxito inesperado de la semana espiritual al reunir a los estudiantes, Julie comienza a canalizar su conocimiento interno en la creación de eventos que se adaptan a una variedad más amplia de intereses, no solo a los suyos.

Colabora con Laura en un proyecto para hacer que las reuniones de la PTA sean más transparentes y amigables para los estudiantes, iniciando una serie de sesiones "Desclasificadas de la PTA" donde los estudiantes pueden expresar sus inquietudes y sugerencias directamente. Estas sesiones ayudan a desmitificar el funcionamiento de la PTA y convierten a Julie de una guardiana de secretos en un puente entre los estudiantes y la administración de la escuela.

Al final del año escolar, la transformación de Julie de una princesa que guarda su castillo de secretos a una líder que fomenta la participación de la comunidad redefine su papel en La prepa Jefferson. Aprende que la influencia no proviene de ejercer poder sobre los demás, sino de empoderarlos.

La Reina de la Cabaña de Bocadillos

Esta chica malvada controla el área más transitada de la escuela: la choza de bocadillos. Su aprobación puede conseguirte los panecitos más frescos o dejarte con las donas rancias.

En el bullicioso centro de La prepa Jefferson, la choza de bocadillos sirve como epicentro de la comida del mediodía, y Natasha, apodada la Reina de las Chozas de Bocadillos, gobierna este reino de dulces con un puño dulce, pero de hierro. Su reinado se caracteriza por su control sobre el inventario de bocadillos, decidiendo quién obtiene los panecitos más frescos y quién debe lidiar con las donas del día anterior.

La regla de Natasha no se trata solo de la distribución de bocadillos; Es una compleja red de comercio y favores. ¿Necesitas un lugar privilegiado en la fila durante un gran día de juego? Eso te costará dos respuestas a la tarea o un favor que nombrarás más adelante. Su moneda son los bocadillos y el negocio está en auge.

Laura, siempre interesada en explorar las culturas únicas dentro de su escuela, ve una oportunidad propicia para una exposición humorística en el periódico de la escuela. Ella va de incógnito para documentar una semana en la vida de la Reina de Snack Shack, detallando el trueque, los acuerdos de puerta trasera y la extraña economía que Natasha ha creado.

Un incidente particularmente divertido involucra a Natasha orquestando un intercambio encubierto de rollos de canela por una codiciada copia del próximo examen de matemáticas. Laura captura este momento a través de fotos sinceras, mostrando la habilidad de Natasha para la diplomacia basada en bocadillos.

A medida que el artículo toma forma, el reino de influencia de Natasha se revela con humor, al igual que su inteligencia y perspicacia para los negocios. Los estudiantes comienzan a ver la choza de bocadillos no solo como un lugar para bocadillos rápidos, sino como un microcosmos de oferta y demanda, con Natasha como su supervisora inteligente.

Al verse retratada con una mezcla de humor y respeto en la pieza de Laura, Natasha comienza a apreciar su papel desde una nueva perspectiva. Comenzó a implementar un sistema de "Puntos de Snack Shack", donde los estudiantes pueden ganar bocadillos a través de contribuciones positivas a la comunidad escolar, como dar tutoría a sus compañeros o participar en días de limpieza.

Este nuevo sistema transforma la choza de bocadillos de un centro de pequeños negocios en una fuerza para el bien, fomentando la participación de los estudiantes y recompensando el comportamiento positivo. La imagen de Natasha pasa de ser una astuta señora de los bocadillos a una líder comunitaria, promoviendo un ambiente más saludable e inclusivo en la choza.

Al final del año escolar, la evolución de Natasha de una Barona de los bocadillos a una benefactora de la comunidad cambia la dinámica del comercio del mediodía. Esto enriquece la cultura escolar y demuestra que incluso los lugares más inverosímiles pueden fomentar la comunidad y la cooperación.

El Monitor del Pasillo

¿Quién puede olvidar a esta chica mala? Se autoproclama y se toma demasiado en serio su cargo no oficial. Es conocida por repartir "citas" por correr por los pasillos y reírse excesivamente a carcajadas.

En la preparatoria Jefferson, los pasillos son algo más que pasadizos entre clases: son el dominio de Hannah. Apodado el Monitor del Pasillo, aunque extraoficialmente, Hannah se encarga de hacer cumplir un peculiar conjunto de reglas, desde la velocidad adecuada al caminar hasta el volumen aceptable de la conversación. Armada con un silbato, se compró un portapapeles lleno de citas hechas por ella misma. Patrullaba los pasillos con una seriedad que rayaba en lo cómico.

La dedicación de Hannah para mantener el orden es a la vez admirada y burlada. Su estricta política de "no correr" es infame, y se sabe que da conferencias detalladas sobre los peligros de un movimiento apresurado, con diagramas dibujados a mano y estadísticas de fuentes dudosas.

Laura encuentra humor y una pizca de tiranía en el papel autoproclamado de Hannah y decide presentarla en un documental alegre para la clase de medios digitales de la escuela. El proyecto tiene como objetivo explorar el lado peculiar del gobierno de Hannah, capturando tanto lo absurdo como los beneficios inesperados de su vigilancia vigilante.

Uno de los segmentos más divertidos involucra a Hannah implementando un "sistema de carriles de pasillo", donde intenta dirigir el tráfico pegando carriles en el piso, designándolos para caminantes, corredores y holgazanes. El resultado es una mezcla confusa de estudiantes que intentan adherirse a los carriles, lo que lleva a un patrón de tráfico humorístico pero caótico que Laura captura brillantemente en su película.

A medida que circula el documental, los estudiantes y profesores comienzan a ver a Hannah bajo una nueva luz. Si bien sus métodos son poco ortodoxos y, a menudo, demasiado estrictos, se derivan de un deseo genuino de mantener a todos seguros y organizados. Su compromiso y creatividad en la búsqueda de este objetivo le valieron una mezcla de respeto y afecto por parte de la comunidad escolar.

Al darse cuenta del impacto de su documental, Laura anima a Hannah a canalizar su pasión por el orden en iniciativas más productivas y menos intrusivas. Juntos, trabajan para crear un comité de seguridad dirigido por estudiantes, lo que le da a Hannah una plataforma legítima para contribuir a la seguridad escolar sin sobrepasar sus límites.

El comité de seguridad se convirtió en un éxito, lo que le permitió a Hannah aplicar sus reglas de una manera que involucró a la comunidad y recibió el respaldo oficial. Su transición de una ejecutora solitaria a una líder respetada en el comité de seguridad la cambia de una figura ridícula a una de respeto.

Al final del año escolar, Hannah ha aprendido a equilibrar su amor por el orden con la libertad de sus compañeros, convirtiendo su monitoreo de pasillos en un esfuerzo colaborativo que promueve la seguridad y el respeto en toda la escuela.

Clara Belle

<u>La Jefa del club de Lectura</u>

Esta chica malvada no solo decide la lista de lecturas, sino que critica a cualquiera que se atreva a interpretar el simbolismo de "El Gran Gatsby" de manera diferente a ella.

En los rincones tranquilos de la biblioteca de La prepa Jefferson, donde los susurros de las páginas que pasan deberían ser el sonido más fuerte, Vanessa, conocida como la jefa del club de lectura, gobierna con un marcapáginas de hierro. Su dominio sobre las selecciones de lectura mensuales es absoluto, y hace valer sus interpretaciones de obras literarias con el celo de un crítico experimentado. ¿No estás de acuerdo con Vanessa en los temas de "El gran Gatsby"? Prepárate para un monólogo bien ensayado sobre la luz verde y el sueño americano.

Si bien es eficaz para mantener el orden en las discusiones del club de lectura, el estilo de liderazgo de Vanessa a menudo sofoca la creatividad y la expresión individual. Las reuniones de su club de lectura son menos discusiones y más conferencias, con Vanessa en el podio dando sus veredictos sobre las motivaciones de los personajes y los significados simbólicos.

Laura, una asistente ocasional al club de lectura, ve tanto el humor como la tiranía en el gobierno de Vanessa. Inspirada, decide iniciar una serie de blogs, "Club de lectura alternativo", que explora diferentes interpretaciones de los mismos libros discutidos en las reuniones de Vanessa. Cada publicación de blog invita a los estudiantes invitados a compartir sus puntos de vista, proporcionando un contraste democrático con el club de lectura autocrático de Vanessa.

Una publicación de blog particularmente divertida reinterpreta "El señor de las moscas" como una comedia incomprendida, completa con evidencia absurda y análisis irónico. La publicación se vuelve viral dentro de la escuela, provocando risas y un animado debate entre estudiantes y profesores por igual.

A medida que el blog gana popularidad, Vanessa ve desafiada su autoridad. Sorprendentemente, en lugar de reprimir, aparece en una de las discusiones del "Club de Lectura Alternativa". Esperando la confrontación, el grupo se sorprende cuando

Vanessa se involucra con las interpretaciones alternativas con genuino interés y humor.

Este cambio marca un punto de inflexión para Vanessa. Comienza a aflojar su control sobre el club de lectura, incorporando discusiones más abiertas y presentando oradores invitados del blog de Laura. El club de lectura se transforma de una dictadura en una vibrante comunidad de entusiastas de la literatura que aprecian las diversas perspectivas.

Al final del año escolar, Vanessa ha pasado de ser una dictadora de la palabra escrita a una curadora de una comunidad literaria dinámica. Su aceptación de múltiples interpretaciones enriquece las discusiones del club, convirtiéndolo en una actividad extracurricular favorita entre los estudiantes. Vanessa aprende que la literatura, como la vida, se nutre de la diversidad y el diálogo, no del dogma.

La Chica Sarcástica

Todo el mundo conoce a una de ellas, tiene un ingenio mordaz que puede hacer reír y llorar a sus compañeros de clase. Su lengua es más afilada que los lápices que nunca presta.

A pesar de que sus compañeros de la prepa Jefferson la apodan cariñosa y temerosamente como la chica sarcástica maneja su ingenio como una espada, siempre lista para hacer un comentario cortante con una sonrisa. Su lengua es más afilada que los lápices que se niega a prestar, y su sarcasmo le sirve de armadura y arma.

Su reinado de terror sarcástico incluye comentarios, sobre todo, desde almuerzos escolares ("Ah, sí, martes de carne misteriosa, un juego de adivinanzas culinarias") hasta mítines de ánimo ("¿Otro mitin de ánimo? Mi entusiasmo no tiene límites"). Si bien sus púas suelen ser divertidas, a veces pueden picar demasiado, dejándola más temida que amada.

Laura, siempre interesada en capturar la esencia de sus compañeros de clase, ve la oportunidad de mostrar la inteligencia detrás del sarcasmo de Lucy. Ella propone una colaboración para el periódico de la escuela, una columna semanal llamada "Lucy's Lookout", donde Lucy puede canalizar su sarcasmo en comentarios humorísticos sobre eventos escolares y peculiaridades sociales.

Una de las entradas más populares de la columna presenta una revisión sarcástica del intento de la escuela de hacer una obra de Shakespeare, donde Lucy sugiere que la verdadera tragedia no fue la trama sino el vestuario. Su versión humorística es a la vez una crítica y una celebración del espíritu de la escuela, y es recibida con risas y aprecio, mostrando un lado de Lucy que se burla sin malicia.

A medida que la columna gana popularidad, Lucy comienza a apreciar el poder de sus palabras para entretener e iluminar en lugar de simplemente reducir. Sus compañeros de clase comienzan a ver la inteligencia en su sarcasmo, no solo la agudeza. Este cambio anima a Lucy a moderar sus interacciones diarias, utilizando su sarcasmo para resaltar absurdos e injusticias de una manera que provoca pensamiento en lugar de solo risa o dolor.

Las fotografías de Laura de Lucy en acción, capturando su giro de ojos en medio de un libro o sonriendo detrás de un libro, acompañan las columnas, proporcionando un remate visual a los golpes verbales de Lucy. Estas imágenes ayudan a humanizar a Lucy, mostrándola como una pensadora y una humorista en lugar de solo una cínica.

Al final del año escolar, Lucy se ha transformado de una temida duelista verbal a una querida escritora satírica. Su columna se convierte en un artículo muy esperado en el periódico de la escuela, y se encuentra más integrada en el tejido social de la escuela. Es respetada por su mente aguda y ahora es apreciada por su corazón.

La Manipuladora Casamentera

Aléjate de esta chica mala. Se imagina a sí misma como un Cupido, que usa su influencia social para establecer relaciones y romperlas cuando lo considera oportuno, todo bajo el pretexto de "solo tratar de ayudar".

EMMA, conocida en La prepa Jefferson como la Manipuladora de Casamenteros, ejerce su influencia social para jugar a Cupido, orquestando romances y rupturas con la precisión de un maestro de ajedrez. Ella ve las relaciones no como asuntos del corazón, sino como experimentos sociales, a menudo bajo el disfraz de "solo tratar de ayudar".

Sus esquemas de emparejamiento combinan una visión genuina de las personalidades de las personas y un disfrute travieso del drama que crean. Ya sea emparejando al mariscal de campo estrella con el tranquilo ratón de biblioteca para un baile o rompiendo una pareja aparentemente perfecta debido a un mensaje de texto malinterpretado, las intervenciones de Emma siempre son un tema candente.

Guiada por la complejidad del papel de Emma y los efectos de su intromisión, Laura decide documentar sus aventuras de casamentero en una alegre pieza de investigación para la revista digital de la escuela. Sigue las maniobras de Emma, entrevistando a sus "víctimas" y trazando las consecuencias imprevistas de sus montajes.

Un incidente particularmente cómico involucra a Emma organizando un evento de cita a ciegas y mezclando los lugares de reunión. Un gótico conoce a un atleta estrella en una lectura de poesía, y un "geek" de la tecnología aparece en una práctica de porristas. Las confusiones, aunque inicialmente incómodas, conducen a amistades inesperadas y algunas conversaciones reveladoras.

A medida que Laura publica estas historias, provocan risas y proporcionan una reflexión más profunda entre los estudiantes sobre la naturaleza de las relaciones y el valor de las conexiones genuinas. Emma lee los comentarios y la retroalimentación y comienza a ver el impacto de su intromisión bajo una nueva luz.

Desafiada por los artículos de Laura a reconsiderar su enfoque, Emma usa sus habilidades para el bien. Transforma su búsqueda de pareja en un "taller de relaciones" en el que ayuda a las personas a comprender más sobre la comunicación y la compatibilidad en lugar de manipular directamente sus vidas románticas.

Este cambio convierte a Emma de una casamentera manipuladora en una respetada gurú de las relaciones en la escuela. Sus talleres están llenos de risas y aprendizaje, fomentando una comprensión más sincera de las relaciones con los estudiantes.

Emma ha redefinido su legado en La prepa Jefferson al final del año escolar. Su nuevo papel como mentora en asuntos del corazón le ha ganado admiración y respeto, demostrando que incluso las inclinaciones más traviesas pueden canalizarse en contribuciones positivas a la comunidad.

La Zar de las Comisiones de Estudio

Organiza todos los grupos de estudio principales y decide quién entra en función de un cuestionario sobre cuánto puede contribuir al éxito del grupo.

En la preparatoria Jefferson, Rachel ostenta el título no oficial de Zar del Grupo de Estudio. Con su amplio conocimiento y su enfoque nítido, preside las sesiones de estudio con una voluntad de hierro, decidiendo quién puede unirse en función de su destreza académica y dedicación percibida. Sus grupos de estudio son infames, altamente efectivos, pero igualmente intimidantes.

El estilo de liderazgo de Rachel implica cuestionarios rigurosos para acompañar sus sesiones de estudio, convirtiendo la preparación en una audición de alto estrés. Académicamente hablando, cree en la supervivencia del más apto, y sus sesiones reflejan esto con una ventaja competitiva que a menudo deja a los estudiantes menos seguros en el polvo.

Laura, siempre interesada en la dinámica de las interacciones de los estudiantes, ve la oportunidad de suavizar la dura reputación de Rachel mientras muestra los beneficios de los diversos grupos de estudio. Propone un artículo de fondo para el periódico escolar que incluirá un documental de una semana de duración sobre los grupos de estudio de Rachel, con el objetivo de capturar su naturaleza intensa pero efectiva.

Un segmento particularmente divertido involucra a Rachel tratando de hacer cumplir una regla de "solo susurro" en la biblioteca, lo que lleva a una serie de malentendidos cómicos y gestos silenciosos pero dramáticos entre los miembros del grupo. El humor y lo absurdo de la situación, capturados en las fotos de Laura, aportan un toque alegre a las sesiones generalmente severas de Rachel.

A medida que circulan el artículo y las fotos, suscitan discusiones sobre la inclusividad del apoyo académico en La prepa Jefferson. Los estudiantes comienzan a expresar sus opiniones, sugiriendo que los grupos de estudio deberían ser más acogedores y comprensivos en lugar de exclusivos y estresantes.

Tomando en serio estas críticas, Rachel comienza a repensar su enfoque. Comienza a incluir juegos colaborativos y discusiones grupales en sus sesiones, haciéndolas más atractivas y menos competitivas. También abre sus grupos de estudio a todos los estudiantes, independientemente de su nivel académico inicial, centrándose en la mejora mutua en lugar de mantener el conocimiento.

Esta transformación cambia la atmósfera de sus sesiones de estudio. Remodela la imagen de Rachel de una tutora tiránica a una entrenadora colaborativa. Sus grupos crecen en popularidad, convirtiéndose en un modelo para otras sesiones de estudio en la escuela.

Al final del año escolar, los grupos de estudio de Rachel ya no son solo un medio para mejorar las calificaciones, sino un esfuerzo comunitario que fomenta el aprendizaje y la camaradería entre los estudiantes. La propia Rachel aprende el valor del liderazgo que empodera y une en lugar de excluir e intimidar.

Clara Belle

Lecciones de la Escuela de los Golpes Duros

Abejas reinas y aspirantes: burlando a la realeza de la escuela

A medida que el año escolar en La prepa Jefferson llega a su fin, las lecciones aprendidas se extienden mucho más allá de los confines de los libros de texto y las conferencias en el aula. Las historias de nuestros diversos personajes, desde Cassandra, la diva del drama, hasta Grace, la maestra de la precisión, revelan el poder transformador de la empatía, el humor y la autorreflexión.

El viaje de Laura a través del año escolar, documentando las vidas de estas personas únicas, no solo le ha proporcionado un rico material para sus fotografías y artículos, sino que también le ha enseñado a ella y a sus compañeros lecciones de vida invaluables. Cada capítulo de este libro ha ofrecido una ventana a los desafíos y cambios que vienen con la comprensión y la adaptación a diferentes personalidades.

De la incomprensión a la empatía:

Cada perfil ha demostrado que debajo de cada exterior duro o hábito extravagante se esconde una historia más profunda. Al explorar estas historias, Laura y sus compañeros de clase han aprendido a reemplazar el juicio con empatía, viendo a sus compañeras no solo como "chicas malas" o "tiranas", sino como individuos complejos con sus miedos, deseos y potencial de crecimiento.

El poder del humor:

HUMOR ha desempeñado un papel fundamental en la reducción de las brechas entre los estudiantes. Al reírse juntos de los absurdos de la vida en la escuela secundaria, los estudiantes de La prepa Jefferson han encontrado puntos en común, han aliviado las tensiones y han fomentado un entorno escolar más inclusivo.

Autorreflexión y crecimiento:

La evolución de cada personaje a lo largo del libro resalta la importancia de la autorreflexión. A medida que cada uno es testigo y participa en las historias de los demás, los estudiantes de La prepa Jefferson aprenden a reflexionar sobre sus acciones y actitudes, lo que los lleva al crecimiento y al cambio personal.

Mientras Laura compila su último artículo para el periódico de la escuela, reflexiona sobre el impacto de su trabajo. Los perfiles, que antes eran solo tareas, se han convertido en parte de la cultura de la escuela, lo que ha provocado discusiones sobre la identidad, el cambio y la comunidad. El anuario, lleno de sus fotografías, es un testimonio de un año de lecciones y amistades inesperadas.

Mirando hacia el futuro:

A medida que se acerca la graduación, los estudiantes de La prepa Jefferson difieren de los que comenzaron el año. Se han vuelto más sabios, más amables y más comprensivos. La escuela se ha transformado, convirtiéndose en un lugar donde la diversidad de personalidad y pensamiento se celebra en lugar de temerse.

Laura cierra su último artículo con una cita que la ha guiado a través de su proyecto:

"Todas las personas que conoces están luchando una batalla de la que no sabes nada. Sé amable. Siempre". Con esto, desafía a las clases futuras a continuar explorando y comprendiendo las historias únicas que cada estudiante trae a los pasillos de La prepa Jefferson

y los desafíos personales que influirán en su comportamiento y crecimiento en el nuevo año escolar.

Clara Belle

Abejas reinas y aspirantes: burlando a la realeza de la escuela

Clara Belle

Abejas reinas y aspirantes: burlando a la realeza de la escuela